U0108412

陳夢敏 著
冉少丹 繪

新雅文化事業有限公司
www.sunya.com.hk

目錄

跑來跑去的點點

（知識點：一點帶動了字的變化）

大王有一個珍貴的小點點。每天早上，大王都會照照鏡子再出門，把點點當成王冠，戴在頭上，就成了大家的**主**，每個人都得聽他指揮呢。

他把點點用繩子繫在腰間，就有了**玉**，看上去格外神氣，格外好看。

這天，大王出門前，怎麼也找不到他的小點點了。

「點點上哪兒去了？」大王的頭上沒了點點，腰間也沒了點點，他覺得心裏空落落的，就這麼出了門。

大王一直朝東走。走着走着，遇見了一位老太爺。咦，老太爺有個點點！好哇，原來點點跑到他這裏來了！

大王跑過去，一下子把點點抓了過來，老**太**爺變成了老**大**爺。這老太

爺好像年紀大了，手腳慢，反應也慢，自己的點點被大王抓走了，好像也沒發現。

大王很得意，非常得意，有了這個小點點，他戴在頭上就成了主子，繫在

腰間就有了寶玉。

大王把點點緊緊地攥在手心裏，一扭頭，發現了路旁的一把大刀，仔細一看，刀刃上也有一個小點點！

哎喲，原來點點在這裏，大王想也沒想，抓過了刃上的小點點。多一個點點總比少一個點點好。

有了兩個小點點，大王很得意，非常得意。等回到家，他要把一個點點戴在頭上，一個點點繫在腰間，那該有多神氣。

不過，大王走着走着，發現牆上畫

着一隻**犬**。不對呀，大王想，這牆上以前明明寫了個「大」字，怎麼變「犬」字了？多半是我的點點跑到這裏來了。

大王一把抓過犬字上的小點點，把它也攥在手心裏。

有了三個小點點，大王覺得自己賺翻了，趕緊回到家，乒乒乓乓地敲門。

「誰呀？」大王的妻子聽到敲門聲趕緊問。

「**汪**！」天哪，大王本來想回話，但一喊出來，說的卻是「**汪**」！

這可把大王嚇了一跳！

怎麼回事呀？原來，大王在路上撿到的三個點點全都貼到了他的身上，最後一個點點甚至還倒了過來，變成了一提，大**王**變成了大**汪**！

「我可不想汪汪地說話。」大王又抓又扯，把多餘的兩個點點抓了下來。

「點點多了也沒用呀！」大王說。

「對呀，不管什麼東西，合適的才是最好的。」大王的妻子說。

知識加油站

一「點」都很重要

「點」在一個字中如同人的眼睛一樣重要，體現了一個字的意義。

寫的時候，多寫一點，少寫一點，都是不對的。

除此之外，點還有短點、長點、左點和右點等，書寫的時候要格外注意。

不同的點

請仔細觀察下方的點。

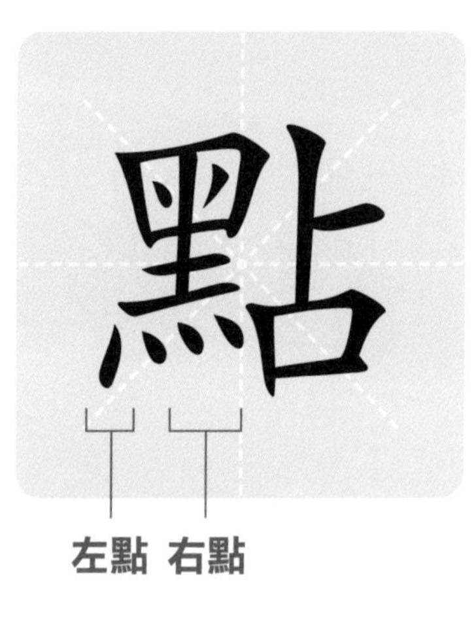

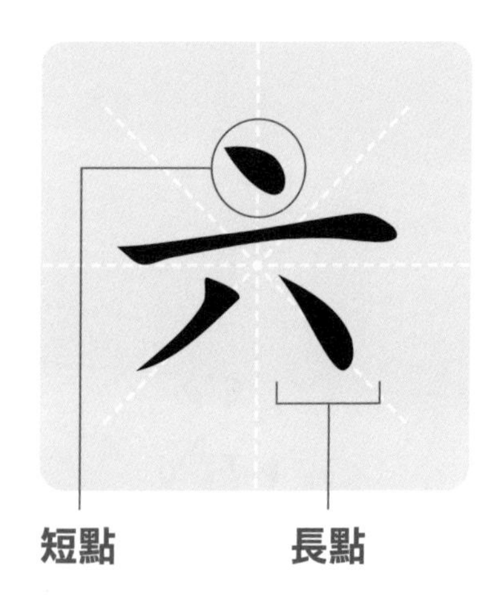

加一點

下列漢字加一點就可以變成一個新字，快來試試吧！

免 —	☐	大 —	☐
勿 —	☐	王 —	☐
今 —	☐	又 —	☐
九 —	☐	乒 —	☐
刀 —	☐	折 —	☐

我想找回那一筆

（知識點：加一筆變成其他字）

在漢字王國裏，住着許許多多字。

橫、**豎**、**撇**、**點**、**折**……不管多麼複雜的字，都是由這些**筆畫**構成的。要想寫對漢字，一筆也不能多，一

筆也不能少。

這一天，一個字伸了個懶腰，坐了起來。

「早上好呀，太陽先生。」旁邊的字立刻跟他熱情地問好。

「你……你是在跟我説話嗎？」這個字覺得一定是自己睡迷糊了。

「沒錯，你是日字呀，就是太陽的意思。」

「可是，我不是呀……」被叫作日字的他跑到池塘邊照了照，發現自己少了一筆。哎喲，丟的筆畫到底是什麼呢？他有點想不起來了。

「太陽先生……」

「我不是太陽先生，我要找回丟掉的那一筆。」日字說着，便出發了。

他走呀走，發現地上躺着一**橫**，心想：這一橫，也許就是我丟掉的吧。

日字跑過去：「我終於找到你了，你就是我丟掉的一筆！」

一橫感到莫名其妙：「我可不是誰丟的，我就是我，我是一字！」

「抱歉。」日字先生紅着臉離開了。

日字先生一邊走，一邊尋找他丟掉

的一筆。穿過小公園的時候，他發現一棵小樹上掛着一撇。日字先生想：這一撇，也許是我丟掉的吧。

日字先生走過去，把一撇摘下來，插在頭上，就像把一根羽毛插在帽子上一樣。

「你真白！我喜歡你，我們一起玩吧！」一隻貓走了過來，對多了一撇的日字先生說。哎呀，日字變成了白字。如果他跟貓在一起，貓就會成為白貓了。

「他該跟我一起玩！」一隻狗

走了過來，衝着貓汪汪大叫。

「他該跟我一起玩！」一頭熊 
也要來搶奪白字。

牠們看起來都兇巴巴的，變成白字的日字先生趕緊扯掉頭上的一撇，慌

慌張張地跑掉了。在逃跑的過程中，他好像踩到了誰的尾巴。日字先生低頭一看，原來不是尾巴，是一個筆畫——**豎彎鈎**。

「這就是我丟掉的那一筆吧？」日字先生把豎彎鈎撿起來，然後歪歪身子，把它放到自己身上。

「親愛的**巴**，一看到你，我就想不斷跟你說話！」一個嘴巴跑過來，緊緊地貼着多了一筆又歪着身子的日字先生，原來，日字現在變成了巴字。

嘴巴對着變成巴字的日字先生說個

不停，聽得日字先生暈頭轉向的。

「不，不，我不是巴字。我想起來了，我是一個■字！我真的睡糊塗了，連自己是誰都記不住，我要去找回我丟掉的那一筆啦！」日字先生扯掉了尾巴，繼續踏上尋找筆畫的路。

什麼是筆畫？

筆畫是組成漢字各種形狀的點和線，它是漢字的最小構成單位。

傳統的漢字基本筆畫有八種，分別是「點、橫、直筆、鈎、仰橫、長撇、短撇、捺」，又稱「永字八法」。如果要學習楷書書法，常常要練習寫「永」字，因為「永」字涵蓋了漢字的大多數筆畫。

當今的規範中，漢字有五類基本筆畫，分別是橫類、豎類、撇類、點類和折類。

1. 找不同

快來找找下面的漢字有什麼不同之處，並借助字典查一查它們的意思吧！

未 —— 末

己 —— 已

晴 —— 睛

侯 —— 候

人 —— 入

土 —— 士

2. 漢字大變身

加一筆變新字

口 — □

日 — □

木 — □

減一筆變新字

三 — □

生 — □

自 — □

愛翻筋斗的字寶寶

（知識點：上下顛倒的字）

不知道從什麼時候開始，

字寶寶們愛上了翻筋斗。

呼呼呼——

呼呼呼——

有的翻得飛快，像閃電那麼快；有的翻得很慢，像緩緩旋轉的水車；有的呢，還翻着翻着咣噹摔一跤。但是，不論翻得好不好，每一個字寶寶都玩得很開心。

口字寶寶翻筋斗，呼呼呼——往左翻，往右翻，往前翻，往後翻……不管往哪兒翻，大家都能清清楚楚地認出他。

田字寶寶翻筋斗，呼呼呼——往左翻，往右翻，往前翻，往後翻……不管怎麼翻，大家都能清清楚楚地認出他。

回字寶寶也一樣，呼呼呼——往左翻，往右翻，往前翻，往後翻……不管怎麼翻，大家都能清清楚楚地認出他。

「看我的！」三字寶寶也想翻筋斗，他跑到草地上，呼呼呼——飛快地翻起來。可是，等到他停下來的時候，大家都不認得他了。不好了，三字寶寶變成了川字寶寶。

大家七手八腳地幫他變了回來。可自從這一次後，三字寶寶開始害怕了，大家都在玩翻筋斗的時候，只有他眼巴巴地在一旁瞧着，有人向他招招手，讓他一起玩，他的心呀，就會撲通撲通跳得很厲害，怎麼也鼓不起勇氣來。

這天，字寶寶們玩起了上下翻筋斗的遊戲。

呼呼呼——日字寶寶翻筋斗，翻過之後還是日字。

呼呼呼——中字寶寶翻筋斗，翻過之後還是中字。

呼呼呼——申字寶寶翻筋斗，翻過之後還是申字。

呼呼呼——甲字寶寶翻筋

斗，哎呀呀，不好了，他竟然變成了由字寶寶！

三字寶寶看見了，連忙跑過去，一邊幫着由字變回 字，一邊說：「我們都一樣，一翻筋斗就變樣，我真擔心 回到家，媽媽都認不出我了。所以，我再也不敢 翻筋斗了。」看到變了樣的甲字寶寶，三字寶寶覺得很親切。

甲字寶寶一點兒也不害怕，哈哈笑道：「我們都一樣啊，這樣多好啊！他們想變身還變不了呢。我們翻翻筋斗就變了，想變就變！」

「好像說得有道理！」三字寶寶拍了拍腦袋，也跟着笑了起來，「哎喲，我都等不及要翻筋斗了！」

呼呼呼——三字變成了川字。

呼呼呼——甲字變成了由字。

又翻筋斗，又變身，三字寶寶覺得棒極了！

現在呀，漢字寶寶們都愛上了翻筋

斗，呼呼呼——呼呼呼——好玩，真好玩！

知識加油站

獨體字和合體字

根據漢字中的部件有多少，可以把漢字分為獨體字和合體字兩類。獨體字只有一個部件，例如故事中的「日、中、申、三、由」，而合體字則有兩個或兩個以上的部件，例如「取、休、香」。

在漢字當中，合體字佔百分之九十以上。

合體字的結構也有很多種，大致可以分為下面幾類：

上 下 結 構：例如「杏、思」；
左 右 結 構：例如「偉、河」；
上中下結構：例如「意、葱」；
左中右結構：例如「做、腳」；
全包圍結構：例如「國、團」；
半包圍結構：例如「邊、風」；
穿 插 結 構：例如「坐、爽」；
品字形結構：例如「森、晶」。

1. 漢字拼拼樂

下面的一些漢字拼在一起後可以變成一個新字，請把你發現的新漢字寫在下面的方框裏。

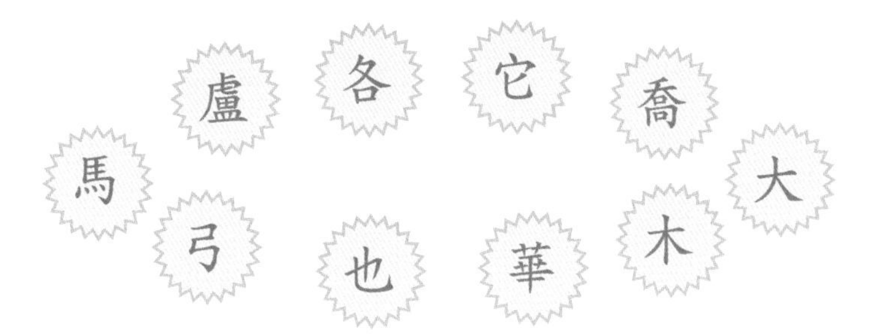

我發現的新漢字有：

2. 漢字變變變

不少漢字無論上下還是左右翻轉，都是它本身，例如________。

還有一些漢字，上下交換會變成一個新字，例如________上下交換變成________、________上下交換變成________。

還有一些漢字，左右交換會變成一個新字，例如________左右交換變成________。

我不是小結巴

（知識點：同一個字表示不同意思）

「我得**想想想想想**過的事！」

小兔背着背包路過一片草地的時候，看到一隻小熊正踱着步子自言自語，小兔忍不住噗地笑出聲來。

「你説話可真好玩！」

「我説什麼啦？」小熊的思維被人打斷，感到有點莫名其妙。小熊撓撓頭，恍然大悟地説：「我知道了，你一定覺得我是個小結巴！」

「可我不是！」小熊揮着手解釋道，「我有個朋友叫想想，她有一個想法還沒有實現，所以，我剛剛說，要想想想想想過的事。」

「想想想的是什麼事呢？」小兔好奇地問道。

「想想在山谷裏種了很多花，想運到鎮上來。可是，山路特別難走，運送東西也不方便。」小熊說着，擼起褲腿，指着腿上的傷對小兔說，「你瞧，這幾天天天天氣不好，我騎單車從山裏出來，路上全是爛泥。單車一個勁兒往下衝，差一點兒衝出山崖。還好，我一把把把把住了！*」

聽了小熊的解釋，小兔笑得直不起腰來，小熊說話真是太好玩了！

「你別笑，我不是小結巴！」小熊一本正經地說，「要是我有錢就好了，這樣我就能修一條路進山谷。可是，我們買花花光了所有的錢。」

「把東西運出來是有些困難，但你們可以讓大家都去山谷裏看花呀！」小兔說，「做一些宣傳單，

* 我一把（一下子）把（將）把（單車手把）把（握）住了！

讓大家都知道你們的山谷。現在很流行探險，你們可以給山谷起個名字，叫『探險花谷』，把大家都吸引過去！」

小兔一眼看見小熊的車簍裏還有幾朵薔薇花，她指了指花，對小熊說：「把這花別在你的衣領上，除了花別別別的。」

小熊也哈哈大笑起來：「你現在說話的語氣和我挺像的。」

「嘿嘿，你別笑，我也不是小結巴！」小兔也一本正經地說。

小熊把花別在衣領上，對小兔說：「現在，我們該怎麼做？」

「用你的大嗓門兒跟我一起唱首歌吧。」小兔清了清嗓子，唱了起

來，「探險花谷花兒美，就像錦緞一堆堆；探險花谷花兒香，染香山谷和山崗……」

「然後呢，你在沿鎮的大街小巷唱唱這首歌，宣傳宣傳，很快就會有人去山谷啦。」小兔説着，低頭看了看錶，

「我就不陪你了，我可不想**等等等**得不耐煩。記住了，別忘記**唱唱唱唱**過的歌！」

「哈哈，我想我沒跟你説呢，我有個朋友叫等等。我呢，叫唱唱，我可不是一個小結巴！」

知識加油站

古代常見「一字多用」

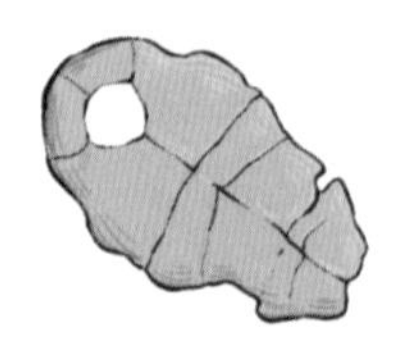

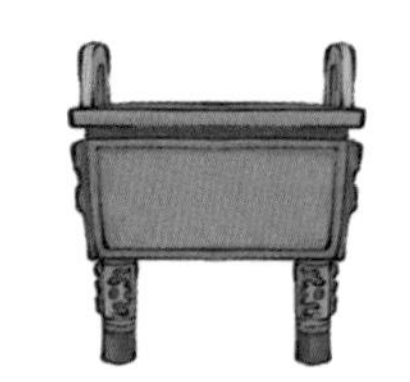

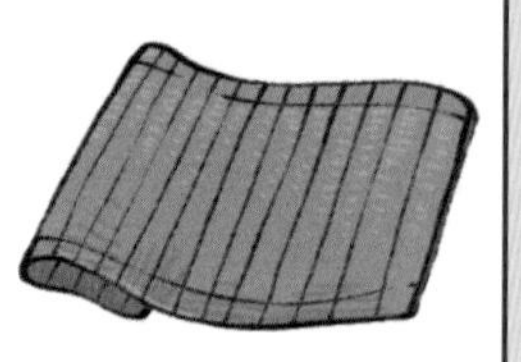

漢字最早刻在龜甲、獸骨上，後來又鑄刻在青銅器上，再後來刻在竹簡上。有了竹簡，使用文字的人才多了起來。然而，把文字一個一個刻在竹簡上，再連綴起來，也非常麻煩，一卷竹簡拿起來很重，也刻不了多少字。所以古人惜字如金，一字一詞，一字多用。**一個字在這裏可能表示某種具體事物，在別的地方又表示某個動作或形容某種狀態。**古詩、古文這種一字多用的情況很常見，因此，對我們現代人來說，理解古詩、古文有點困難。

現代也有「一字多用」

在現代漢語中，這樣的情況也很多，例如「畫」字，既可做動詞，又可做名詞。「畫畫」，前一個「畫」字是動詞，後一個「畫」字是名詞。還有一些詞本身有不同詞性，例如「工作」，既可以當名詞使用，也可以當動詞使用。

1. 選一選

畫線的字或詞和下面哪句話中畫線的字或詞意思相同呢？請你加 ✓。

1. 小明的學習計劃全部都完成了。

A. 我們已經提前製訂好行動計劃。 ☐

B. 爸爸媽媽計劃暑假回鄉探望爺爺嫲嫲。 ☐

2. 白毛浮綠水，紅掌撥清波。

A. 春風又綠江南岸，
明月何時照我還。 ☐

B. 碧玉妝成一樹高，
萬條垂下綠絲絛。 ☐

2. 趣味對聯

從前，有個賣豆芽的人，他請村裏的教書先生為他寫春聯。這個教書先生卻給他寫了一副古怪的對聯：

橫批

長 長 長 長

下聯	**上聯**
長	長
長	長
長	長
長	長
長	長
長	長
長	長

你知道該怎麼讀嗎？

小毛果受審記

（知識點：錯別字）

小毛果坐在窗前做功課。午後的陽光暖暖的，小毛果覺得自己就像一個小雪人，要被暖陽曬得融化了。

手裏的鉛筆不知怎的就跑掉

了。

「哎呀，我的筆！」小毛果趕緊追了上去。可是，鉛筆靈活極了，一會兒向左，一會兒向右，一會兒跟小毛果繞圈圈……小毛果追上它的時候，才發現自己來到了一個陌生的地方。

「你是小毛果？我們要對你進行審判！」高堂上坐着一位大法官，他非常嚴厲地對小毛果說着話。

「我犯了什麼錯？」

「帶原告一號。」

一隻小兔蹦了進來。長

耳朵，胖乎乎的，可是，牠好像少了些什麼。

「我要控告小毛果，他總是會割掉我的尾巴。」

小毛果吃了一驚：「我沒有，我沒

有！」

但大象律師認真地翻了翻手裏的一疊紙，很快向法官提交了證據：「小毛果常常把『**免**』字寫成『**免**』字，據我統計，他總共犯錯八十七次。」

小毛果這才知道，原來小兔子是他寫的**錯別字**變的。

「帶原告二號。」

又進來一隻猴子，圓溜溜的眼睛，長長的尾巴，可是，牠的頭上鼓起了一個大包。小毛果見了，心裏直打鼓，猴子頭上的包該不會是我弄的吧？我也不會給牠多加一個包呀。

「我要控告小毛果，他給我加了一個大大的包，害得我總是栽跟頭。」

大象律師說：「沒錯，小毛果常常把猴字中的『**侯**』，寫成時候的『**候**』，所以猴子就多了一個包。」

小毛果想了想，還真是這麼回事。

這時候，又咚咚咚地走進來一個人。小毛果仔細地看了看他，他看起來是個正常的人，小毛果想：還好，我沒把「**人**」字寫成「**入**」字，不然，有可能他就連長相都反着來了。

但這個人一進來就衝着小毛果瞪眼睛。

「我要控告他，我本來是個有錢的『**暴發戶**』，可每次小毛果都把我寫成『**爆發戶**』，害得我心裏的怒火無法熄滅，動不動就會生氣發火！」

「你這傢伙，看我怎麼收拾你！」這個說自己是暴發户的傢伙真的爆發了，他揮着拳頭就向小毛果衝了過來。

「救命！救命！」小毛果一邊大

叫，一邊逃跑！

「小毛果！你怎麼睡着了？」媽媽推醒了小毛果，小毛果這才發現，自己做了個奇怪的夢。

不過，小毛果立刻揉揉眼睛，開始檢查功課上的錯別字，他可不想再一次被那些錯別字控告！

猴
暴
免

錯字與別字

你是不是跟小毛果一樣，也寫過錯別字呢？

錯別字其實分為錯字和別字兩種類型。

錯字是指把字的筆畫、筆形或結構等寫錯了，似字非字，例如寫「猴」字的時候多寫一豎；而**別字則是本該用某個字，卻寫成了另外一個字**，例如把「暴發戶」寫成了「爆發戶」。

下面是一些容易寫錯的字，你知道正確的寫法嗎？

春：下方是「日」，不是「目」。

式：右邊不是「戈」，別要多寫一畫。

肺：右邊是一豎，不是有一點的「市」。

冰：左邊是兩點水，不是三點水。

低：右邊是有一點的「氐」，不是沒有點的「氏」。

這些讀音或字形相同或相近的字，你能區分嗎？

大「**小**」——多「**少**」

替「**代**」——砍「**伐**」

小「**鳥**」——「**烏**」鴉

「**未**」來——始「**末**」

王「**侯**」——等「**候**」

景「**象**」——想「**像**」

自「**己**」——「**已**」經

等「**待**」——「**侍**」衛

我是小小校對員

下面的文字中共有 5 個錯別字，請把它們圈出來，在旁邊的空格裏寫上正確的字。

有人以為魚不會發出聲音，真是這樣嗎？當你來到海邊，戴上一幅特製的耳機，把耳機的一頭接到水中，便能聽到希奇古怪的聲音。「呼嚕呼嚕」、「吧嗒吧嗒」，都是魚兒們再說話。有時侯，魚兒們成羣宣鬧起來，就象是夜間的海浪沖擊着海岸。也有些魚兒愛低聲說着話，聲音如同柔和悅耳的歌聲一樣。

小魔女的小房子

（知識點：形近字）

秋天來了，山葡萄長得水靈靈的，山谷裏處處飄散着淡淡的葡萄香。小魔女吸了吸鼻子，肚子裏的饞蟲就被勾上來了。

和人類的小孩一樣，小魔女也很貪嘴。小魔女在山谷裏轉來轉去，想尋來一些好喝的葡萄汁。終於，她在一個葡萄架下找到了幾個精美的瓶子。

「紫紅色的葡萄汁，甜滋滋的葡萄汁，我終於找到了……」小魔女捧着瓶子，喝了很多很多，她簡直管不住自己的嘴巴了。

喝完之後，小魔女趴在葡萄架下，迷迷糊糊地睡了過去。

不過，就算睡着了也沒關係，小魔女有一座會魔法的小房子，他會

照顧小魔女。小房子唸唸口訣，就從家裏飛出一條毯子，把小魔女裹得緊緊的，晃晃悠悠地飛回了家。

小魔女在軟軟的牀上睡得很香，小房子也睡得很香。

第二天，晨曦微露的時候，小房子

醒了，跟往常一樣，小房子要按照指令，打理屋子裏的一切。

「嘩——」小房子衝着小魔女的貓澆了一盆水！貓嚇得一下子就從貓窩裏跳了出來，喵喵叫着躥到了房頂上。

「撓撓，撓撓……」小房子派出癢癢撓兒，把廚房裏的麪條撓了個遍。

最後，呼——小房子衝着小魔女的小花園噴出一團火。滾滾的濃煙把小魔女嗆醒了。

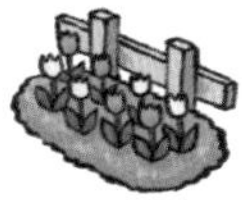

「天哪，我的小房子，你在幹什麼？」小魔女尖叫道，「你為什麼要燒毀我的花園？」

「我……我……我在**燒花**，我剛剛還**澆了貓、撓了飯**……」

花園裏的火越燒越旺，都快燒到小房子了。可不管小魔女怎麼撓腦瓜，都想不起來噴水的咒語。

怎麼辦？怎麼辦？

這時候，飛來了一朵烏雲，嘩啦嘩啦，灑下大雨澆滅了火。原來，大魔女發現小魔女的家升起濃煙，立刻

趕來了。

「謝天謝地，幸好有大魔女來幫忙，不然，我的小房子可全毀了！」小魔女向大魔女道了謝，然後問道，「你知道這是怎麼回事嗎？我喝了甜甜的葡萄汁，睡醒後就發生了這樣可怕的事情。」

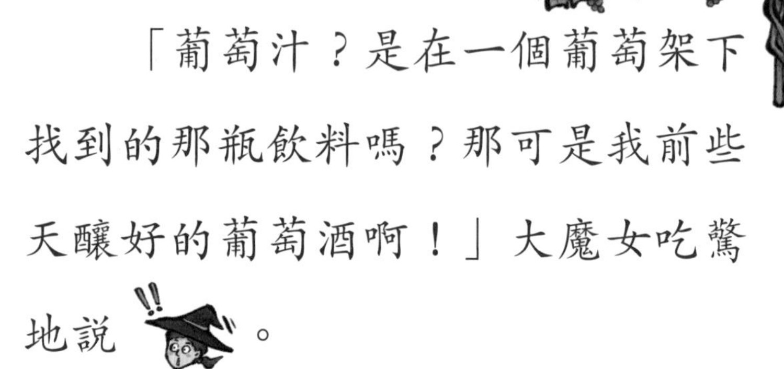

「葡萄汁？是在一個葡萄架下找到的那瓶飲料嗎？那可是我前些天釀好的葡萄酒啊！」大魔女吃驚地説。

「啊，怪不得。我還以為自己找到了美味的葡萄汁呢。」小魔女

這才知道，盡職的小房子是想**澆花**、**燒飯**、**撓貓**。可能是喝了太多的葡萄酒，小魔女給他的這些指令，全都被弄混了。

「沒有標簽的東西你怎麼敢亂喝，要分清楚是酒還是果汁呀！」大魔女說完，笑嘻嘻地用魔法變出了一杯葡萄汁，「來吧，快嘗嘗真正的果汁吧，我們乾杯！要記住，不確定是什麼的東西，千萬不能喝啊！」

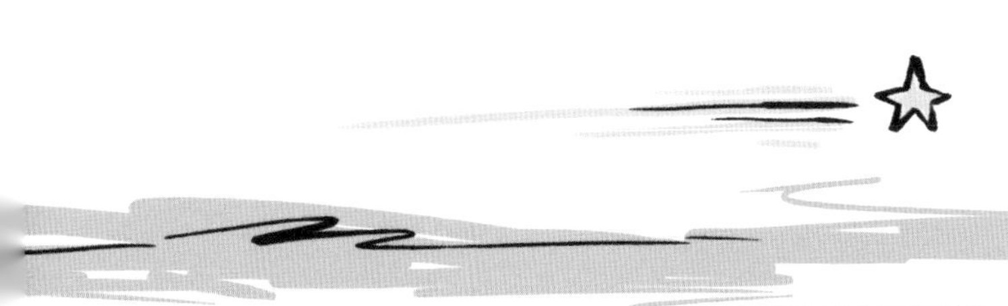

知識加油站

外貌相似的形似字

故事中的小房子，執行錯了主人的命令，主要原因是這三個字長得太像了！

「燒火」的「燒」，左邊是「火」；

「澆水」的「澆」，左邊是「氵」；

「撓癢癢」的「撓」左邊是「扌」。

分辨形似字

這種在形體、結構、部件等方面都很相近的字就是形近字。漢字的結構很複雜，形近字也很多。我們把形近字主要分為以下四種情況：

①聲旁相同、形旁不相同的形聲字，例如「**愉**」快和比「**喻**」。

②筆畫相差一兩筆，例如「**狼**」狽和「**狠**」心。

③某一筆的位置不同，例如「**未**」必和周「**末**」。

④某一局部不同，例如「**旋**」轉和「**旅**」行。

要分辨形似字，我們可以從字音、字形、字義入手，還可以利用形聲字的特點來區別，這樣我們就不會犯和小房子一樣的錯誤了。

字形小專家

請區分下列的形近字，查找它們的讀音，並給它們組詞。

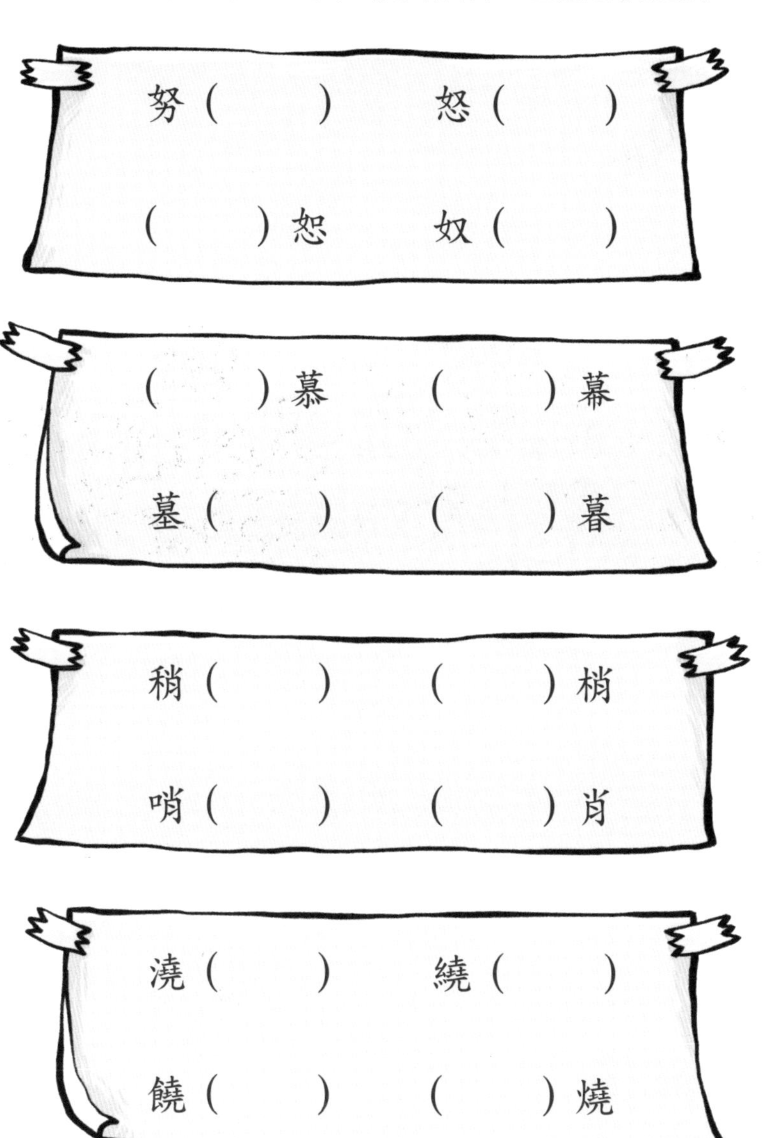

花花豬送花

（知識點：多義字）

花花豬最近在獾爺爺的花圃裏幫忙。這一天，獾爺爺接到電話，花鹿家的**姊妹花**今天過生日，想要一籃子**鮮花**。

獾爺爺年紀大了，**送花**的任務就交給了花花豬：「花花豬，快去吧，別讓她們久等了。」

花花豬拎着滿滿一籃子鮮花 ，一心奔向花鹿家。

路上遇到狐狸，狐狸伸手攔住他。

「花花豬，來試試我的**花露水**。這可

不是一般的花露水，它是幸運花露水，噴上幾下，明天在你身上就會有幸運的事發生，保證讓你**心花怒放**！」

花花豬心裏想：「小狐狸的**花花腸子**最多了，我可不能信他的**花言巧語**。」

所以，他趕緊搖搖頭：「不要，不要，我得趕緊送花去，我答應了**花匠**獾爺爺，可不能在路上**瞎花時間**。」

花花豬甩開了小狐狸的糾纏，繼續往前走。

路過小操場，花花豬看見小花貓

正在**踩水花**。小花貓向他招招手：「花花豬，快來，跟我一起踩水花。」

花花豬也喜歡踩水花。況且，小花貓很會玩，常常會有**新花樣**。

「我們可以比賽單腳踩、雙腳踩，還可以跳着踩水花……」

花花豬有點心癢癢，但他想想還是搖了搖頭：「不要，不要，我要去送花。我答應了花匠貛爺爺，不能讓花鹿久等了。」

花花豬往前走，路過鵝媽媽家，鵝媽媽正好蒸了一鍋**花饃**，看見

花花豬，向他招招手：「花花豬，快來，快來，來我家吃花饃。」

誰不知道鵝媽媽蒸的花饃又好看又好吃呀！每次做花饃，鵝媽媽都**花心思**，做出活靈活現的小鳥花饃、栩栩如生的小魚花饃、惟妙惟肖的小熊花饃……可是，花花豬還得送花呢。所以，花花豬吞了吞口水，堅定地搖了搖頭：「謝謝鵝媽媽，我得趕緊送花去，獾爺爺

告訴我，開**花店**，不光要花種得好，服務也要跟得上。」

花花豬往前走，翻過小山頭，就到花鹿家。可這會兒，花花豬看到兔婆婆摔了跤。花花豬趕緊跑過去，扶起她：「兔婆婆，您要不要緊？」

「唉，年過**花甲**就變得**老眼昏花**了，明明有個坎兒，硬是沒看見。」兔婆婆扭了腳。

「來，我先送您回家。」

花花豬想好了：雖然送花很重要，但送兔婆婆更重要，等送她回了家，我再飛快地跑到花鹿家去送花。

「花」的不同意思

看到「花花豬」這個名字，你肯定能想像到這隻小豬的皮毛顏色不純，身上帶有小花斑的樣子。這個「**花**」的意思就是「**顏色或種類錯雜**」。故事中「花鹿」、「花貓」中的「花」也是這個意思。

然而「花」可不止這一個意思，例如：「花了心思」、「瞎花時間」中的意思是「**用、耗盡**」；「花言巧語」中的「花」是指「**用來迷惑人的，不真實或不真誠的**」；「老眼昏花」的「花」是指「（眼睛）**模糊迷亂**」。文中大多數的「花」指的是**可供觀賞的植物**，例如「花匠」、「鮮花」等，而「心花怒放」中的「花」則引伸到了形狀像花朵的東西，**表達心裏高興**。而「花甲」指的是六十歲，因為六十年被稱為一個甲子。

從一個「花」字，我們可以看到，很多漢字都具有兩個或兩個以上的意義，這樣的字叫**多義字**。現在我們使用的漢字，多數都是多義字。

猜猜意思

很多我們熟悉的字，都有着多種字義。請你給下面的多義字選出正確的解釋。

光

A. 光線　**B.** 只、單　**C.** 一點兒不剩
D. 光大、使顯耀　**E.** 身體露着
F. 景物　**G.** 平滑

1. 媽媽不光為我做飯洗衣，還教我讀書。（　　）
2. 我很快就把碗裏的花吃光了。（　　）
3. 明亮的燈光，灑在我的功課上。（　　）
4. 奧運健兒為國爭光。（　　）
5. 我光着一隻腳就急忙趕來了。（　　）
6. 臨陣磨槍，不快也光。（　　）
7. 明媚的春光，永遠值得人們留戀。（　　）

手

A. 人體的一部分　**B.** 某種技能特別好的人
C. 拿着　**D.** 小巧而便於拿的

1. 他是做家務的能手。（　　）
2. 他左手拿弓，右手拿箭。（　　）
3. 老師發給我們一本《知識手冊》，讓我們好好學習。（　　）
4. 那個賊人手持武器，是個危險人物。（　　）

你一定找不到我

（知識點：方位詞東西南北）

森林裏有一棵千年大樹，樹的左邊住着一位小神仙，樹的右邊住着一位小仙女。他倆呀，

常常比試仙術，誰也不服誰。

這一天，小神仙和小仙女嚷嚷着要比賽捉迷藏。

「你一定找不到我！」小仙女說。

「我就一點都不信了！」

「那我們比一比？」

「比就比，誰怕誰？」小神仙怎麼會向小仙女認輸呢？

「那好，你數一百個數，我要躲起來了。反正，我不會走出這個山谷。」

小神仙飛快地數完一百個數，

摸出千里眼望遠鏡，朝**東**邊望去。

東邊的樹林裏，有幾隻松鼠在跳來跳去，不知道小仙女會不會混在裏面。

小神仙呼啦啦地飛過去，讓小松鼠們排成一排。好吧，小仙女沒有變成小松鼠，她不在這裏。

小神仙接着又朝**西**邊望去。西邊

的樹林裏，一羣畫眉在樹枝上唱歌，不知道小仙女會不會混在裏面。

小神仙呼啦啦地飛過去，讓畫眉們排成一排。好吧，小仙女沒有變成畫眉，她不在這裏。

小神仙往**南**邊望去，南邊的樹林裏，幾隻小野兔在嘻嘻哈哈地採蘑菇，不知道小仙女會不會混在裏面。

小神仙呼啦啦地飛過去，好吧，小仙女沒有變成小野兔，她不在這裏。

小神仙往**北**邊望去，北邊的樹林裏，幾隻小棕熊在玩摔跤，不知道小仙女會不會混在裏面。

小神仙呼啦啦地飛過去，好吧，小仙女也沒有變成小棕熊，她也不在這裏。

東西南北都找遍了，小神仙也沒找到小仙女。

「唉，累出了一身汗，我得坐下來喝杯冰鎮百合花露，再去找小仙女。」小神仙自言自語地說。

說着，他為自己調了一杯冰鎮百合

花露。

「小神仙，你怎麼能這麼自私，喝花露都只顧着自己！」小仙女從小神仙的頭冠上跳下來，生氣地嚷嚷道。

「哈哈，我找到你了，小仙女，認輸吧！」小神仙得意地笑了起來。

「不是你找到我的，是百合花露找

到我的！」小仙女一喝完百合花露就又發起挑戰，說，「不服氣，再來比試比試呀 ！」

什麼是方位詞？

方位詞是表示方向或位置的詞，分為單純詞和合成詞兩類。

單純的方位詞有「上、下、前、後、左、右、東、西、南、北、裏、外、中、內、旁」等。

合成的方位詞往往是在單純詞的基礎上，用下面的方式構成的：

1. 在單純詞前加「以」或「之」，例如「以上、之下」；
2. 在單純詞後加「邊」、「面」、頭」，例如「前邊、左面、裏面」；
3. 結合相對的方位詞，例如「上下、前後、裏外」。

除此之外，還有「底下、裏頭、當中」等等。

特別的方位詞

你知道嗎？在古代，方位詞也用另外一種方式表示：**青龍**的方位是東，代表春季；**朱雀**的方位是南，代表夏季；**白虎**的方位是西，代表秋季；**玄武**的方位是北，代表冬季。

地圖大發現

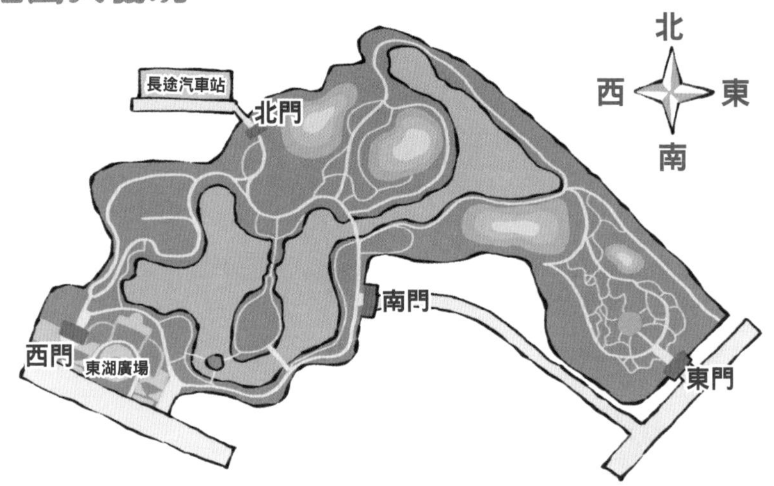

1. 看地圖，巧發現

細心的你，一定發現了，這張地圖的右上角有一個圖標，這個圖標的意思是在這張平面地圖上，「上」指示的是（　　　　）方，「下」指示的是（　　　　）方，「左」指示的是（　　　　）方，「右」指示的是（　　　　）方。

2. 看地圖，巧定位

媽媽帶小花在東湖公園玩，她們從南門進入，要前往東湖廣場看音樂會，怎麼走最近呢？請你在地圖上畫出最近的路線。

欣賞完音樂會，她們要坐長途汽車去看望外婆，她們最好從（　　　　）門離開公園。

四季飲品店

（知識點：春夏秋冬）

小花仙在森林裏開了一家四季飲品店，美美鴨、米米兔、撲撲熊、跳跳蛙幸運地成為她的「試喝員」。

「大家快來嘗嘗吧。」

小花仙給他們端來了一壺綠色的飲料。

「好喝！」美美鴨說，「是春天的味道。」奇妙的事發生了，整個房間都充滿了春天的氣息。

東風暖，萬物復蘇，地板上小草一寸一寸地綠了，屋頂和窗户漸漸消失了。大家發現自己坐在小溪邊，溪水叮咚叮咚地唱着歌，岸邊的垂柳吐出了新芽，一朵朵小野花也從草叢

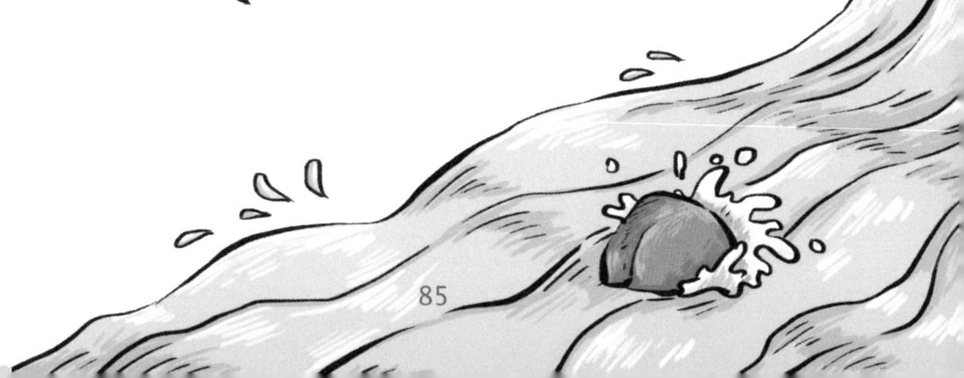

中鑽了出來。不一會兒，世界就變得萬紫千紅，到處都是生機勃勃的景象。

小傢伙們都樂得在草地上打起滾兒來。

原來，小花仙給他們喝了春的飲料。

這會兒，飲料失效了。

「來杯**夏**天的飲料！」跳跳蛙對小花仙說。

嘗了夏的飲料，**驕陽似火**，他們立刻感到**酷暑難耐**。稍微動一動，大家就汗流浹背了。不過，池塘裏的荷花開了，淡淡的荷香飄來，沁人心脾。

美美鴨跳進了小池塘，撲通、撲通……跳跳蛙、撲撲熊也跟着跳了進去。

夏的飲料也很好喝。

小花仙又為大家添上一壺黃色的飲料，不用說，這是秋天的飲料。

小傢伙們喝完之後，就陶醉在秋色之中。

秋高氣爽，瓜果飄香，紅彤彤的蘋果、黃澄澄的鴨梨、金燦燦的柿子，掛滿了枝頭。麥子也成熟了，大片的麥田被風一吹，就像金色的麥浪在蕩漾。

「我喜歡秋天！」撲撲熊抱着柿子樹一搖，甜蜜蜜的柿子就紛紛往下掉。

「我也喜歡秋天！」米米兔說，「秋天的風裏有股濃濃的桂花味道。」

就在這時，小花仙為大家端上來一壺白色的飲料。

撲撲熊剛要伸手去端，又停了下來：「這是冬天的飲料嗎？我……

我喝了飲料，會不會要睡上長長的一覺？」

跳跳蛙也說：「對呀，冬天一到，我們就該冬眠了！」

「撲撲熊，跳跳蛙，沒關係的，大家試試吧。」小花仙微笑着說。

在大家面前，出現了白雪皚皚的冬景。

寒風凜冽，大雪紛飛，樹白了，屋頂白了，地面也白了，一個銀裝素裹的世界出現在他們面前。

撲撲熊意外地發現，自己沒有打哈

欠，跳跳蛙也是。

「喝了冬天的飲料，我們感受到了冬天，真是太棒了！」跳跳蛙説着抓了一個小雪球，朝撲撲熊大力砸去。

「哈哈，真是太好了！」撲撲熊一點兒也不生氣，「我們來痛痛快快地打

雪仗吧！」

真是太好了，四季飲品店讓大家在短短的一個下午，感受到了四季的交替和變化。

知識加油站

描述四季特色

四個季節對應不同的物候（即事物受環境影響而出現周期變化，例如植物長葉、開花、結果），也有各自不同的特點。**春生**，**夏長**，**秋收**，**冬藏**，我們的祖先對自然的觀察非常細緻，造出了「春夏秋冬」四個字來表示四季。

「**春**」在甲骨文裏寫成 等，左邊的上、下都是草的形狀，中間是「日」，右邊則是「屯」，表示陽光明媚，草木生長。

「**夏**」在金文裏寫成 等，上邊是表示頭部的「頁」，下邊有人的軀幹、手腳，合起來就是一個強壯的人。「夏」最初表示生活在「中原」，即現在黃河中下游一帶的人。生活在「夏」的人對於自己的生活地非常自豪，於是「夏」又有了「大」的含義，再進一步，或許因為夏季是萬物生長的季節，因此「夏」後來就被用作表示夏季。

「**秋**」字的由來有很多說法。東漢許慎的《說文解字》裏，收錄了 這個字，和今天的「秋」不同，「火」在左，「禾」在右。「禾」字一般認為表示莊稼，而「火」字則可能指秋收後用火焚燒莊稼的莖稈，也可能指用火煮食物，所以「火」表示成熟，「禾」與「火」合在一起，表示莊稼成熟。不管是哪種解釋，都和秋天莊稼成熟分不開。

「**冬**」在甲骨文中寫成 ，描畫的是絲線兩端或絲線上打了結，表示端點、終點、「終」的意思。由於冬天是一年四季中最後一個季節，所以「冬」後來就表示冬季了。

詩歌中的四季

1. 下面的詩句描寫的是不同季節的景色，請把相應的季節寫在詩句後的括號裏。

- 接天蓮葉無窮碧，映日荷花別樣紅。（　　）
- 碧玉妝成一樹高，萬條垂下綠絲絛。（　　）
- 停車坐愛楓林晚，霜葉紅於二月花。（　　）
- 忽如一夜春風來，千樹萬樹梨花開。（　　）

2. 下列詞語形容的是哪個季節？請將數字寫進對應的籃子裏。

① 桃紅柳綠　② 百花爭豔　③ 鶯歌燕舞　④ 烈日炎炎

⑤ 冰天雪地　⑥ 驕陽似火　⑦ 橙黃橘綠　⑧ 天寒地凍

⑨ 白雪皚皚　⑩ 丹桂飄香

阿阿熊的神奇暗號

（知識點：文字密碼）

小花園裏的花熱熱鬧鬧地開着的時候，阿阿熊注意到一隻小蜜蜂和另一隻小蜜蜂見面的時候不說話，只是碰碰觸角。

「小蜜蜂們在打暗號！」阿阿熊對白白熊說。

小蜜蜂說的話，別人都聽不懂。

一隻小螞蟻見到另一隻小螞蟻的時候，也不說話，只是碰碰觸角。

阿阿熊看到了，對白白熊說：「小螞蟻們也在打暗號。」

小螞蟻說的話，別人都聽不懂。

看到這一切，阿阿熊撓了撓腦瓜，眼睛亮了起來：「白白熊，我跟你也可以打暗號！」

阿阿熊想：「跟自己最要好的朋友打暗號是一件非常有趣的事情。比如想讓白白熊出門，可以吹六聲口哨——四長兩短；也可以用手電筒照亮白白熊的窗户，一閃一閃；或者説一些讓別人都聽不懂的話。

對！就説一些讓別人都聽不懂的話！

「白白熊，我們以後可以這麼説話，在一些詞中間加上阿白，這樣聽起來就很神秘了！我先來試試！」阿阿熊興奮地嚷着，「我**阿白**們一**阿白**起去爬**阿白**山！」

白白熊點點頭：「我聽懂了！阿阿熊，你的意思是『我們一起去爬山』。」

阿阿熊跟白白熊這麼說話的時候，喳喳雞以為他倆在說外星語言！她吃驚地望着他們倆，一句話也說不出來！

看着喳喳雞像木頭雞一樣呆呆的樣子，阿阿熊和白白熊覺得這實在是太酷了！

毛毛猴聽到阿阿熊和白白熊

的對話，也覺得好玩，他纏着阿阿熊教他說這種神秘的話。

才不呢！這是阿阿熊和白白熊的暗號，讓別人知道就沒意思了！

不過，毛毛猴很聰明，他總是留心聽阿阿熊和白白熊說話。時間一

長，他就破解了他們的暗號。

「我知道了！只要去掉阿白，就能明白他們的意思了！」

毛毛猴把他的重大發現告訴了皮皮狗，皮皮狗告訴了妙妙貓，妙妙貓告訴了嗒嗒羊……

現在，滿大街的人都這麼說話。

「晚**阿白**上六**阿白**點，我在湖**阿白**邊等**阿白**你……」

「森**阿白**林公**阿白**園見。」

暗號被人破解了，阿阿熊覺得無聊，就對白白熊說：「我們應該換一種

暗號了。」

　　誰知道，白白熊卻使勁地搖了搖頭：「才不 呢，我好久好久沒跟你正常地說話了！現在這樣說話，我覺得順溜極了！」

暗號有什麼用？

語言是人類最重要的交際工具，而文字則用來記錄語言。文字的發明克服了語言在時間和空間上的局限，相隔千山萬水的人也可以通過文字寫成的文本來溝通交流。不過，如果你**只想和特定的人交流，不想被別人發現**，你們倆之間就需要約定一個「暗號」了。

古人用過的暗號

阿阿熊和白白熊之間的「暗號」，是一種簡單的文字遊戲，聰明的古人把文字遊戲玩出了各種花樣。

例如《三國演義》中，大奸臣董卓在街上聽到一首童謠：「千里草，何青青！十日卜，不得生！」「千里草」合起來是一個「董」字，「十日卜」合起來是一個「卓」字，這首童謠實際上是在咒罵董卓權勢滔天，不會有好下場。

再例如《水滸傳》中，盧俊義去東南躲避災禍之前，在自己家牆上寫下一首詩：

> 蘆花叢裏一扁舟，
> 俊傑俄從此地遊。
> 義士若能知此理，
> 反躬逃難無可憂。

這實際上是一首藏頭詩，把每句詩的第一個字連起來讀，就是「盧（蘆）俊義反」，意思是盧俊義反叛朝廷。

你看，我們的語言是不是非常有趣呢？

1. 連詞成句

這些打亂的字詞是想表達什麼意思呢？請你來破解一下吧！

1. 今天　的　好　天氣　多麼　呀

2. 澆澆　你　多給　要　水　花兒

3. 送給　鉛筆　我　是　的　這枝　爺爺

2. 妙讀歇後語

下面左右兩邊的詞語可以組成一句歇後語，請你連連線，組合它們吧！

✧ 八仙過海	✧ 自賣自誇
✧ 竹籃打水	✧ 節節高
✧ 井底之蛙	✧ 各顯神通
✧ 芝麻開花	✧ 一場空
✧ 王婆賣瓜	✧ 目光短淺

參考答案

P.13

加一點

免——兔　　大——太 / 犬
勿——匆　　王——玉 / 主
今——令　　又——叉
九——丸　　乒——兵
刀——刃　　折——拆

P.23

找不同

未——末：「未」上畫短下畫長，「末」上畫長下畫短。
侯——候：「侯」的人字旁旁邊沒有豎畫，「候」的人字旁旁邊有豎畫。
己——已：「己」上部分完全開口，「已」上部分半開口。
人——入：「人」左邊長右邊短，「入」左邊短右邊長。
晴——睛：「晴」是日字旁，「睛」是目字旁。
土——士：「土」上畫短下畫長，「士」上畫長下畫短。
（各字查字典意思：略）

漢字大變身

口——日　　生——牛
日——目　　三——二
木——本　　自——白

P.33

漢字拼拼樂

驢、駱、駝、驕、馱（粵音陀，背負的意思）、馳、格、橋、樺、弛

漢字變變變

不少漢字無論上下還是左右翻轉，都是它本身，例如工。還有一些漢字，上下交換會變成一個新字，例如里上下交換變成由、杳上下交換變成呆。還有一些漢字，左右交換會變成一個新字，例如部左右交換變成陪。

P.43

選一選

1. A；2. B

趣味對聯

「長」是多音字，讀音不同，意思也有不同。例如「長短」中的「長」字讀「牆」；「長者」中的「長」字讀「掌」。下面以紅色表示讀音為「牆」，藍色表示讀音為「掌」。
上聯：長長長長長長長

下聯：長長長長長長長
橫批：長長長長

全副對聯意思：豆芽店的主人總是盼着豆芽生長得越長越好，最好快高長大。這副對聯正是蘊含了這個美好的祝福。

P.53

我是小小校對員

有人以為魚不會發出聲音，真是這樣嗎？當你來到海邊，戴上一幅特製的耳機，把耳機的一頭接到水中，便能聽到希奇古怪的聲音。「呼嚕呼嚕」、「吧嗒吧嗒」，都是魚兒們再説話。有時候，魚兒們成羣宣鬧起來，就象是夜間的海浪沖擊着海岸。也有些魚兒愛低聲説着話，聲音如同柔和悦耳的歌聲一樣。

幅——副　　希——稀
再——在　　宣——喧
象——像

P.63

字形小專家

努力；怒火；寬恕；奴僕
羨慕；帳幕；墓碑；朝暮
稍微；樹梢；哨子；生肖
澆花；繞圈；饒恕；燃燒

P.73

猜猜意思

光： 1. B；2. C；3. A；4. D；5. E；6. G；7. F
手： 1. B；2. A；3. D；4. C

P.83

看地圖，巧發現

細心的你，一定發現了，這張地圖的右上角有一個圖標，這個圖標的意思是在這張平面地圖上，「上」指示的是北方，「下」指示的是南方，「左」指示的是西方，「右」指示的是東方。

看地圖，巧定位

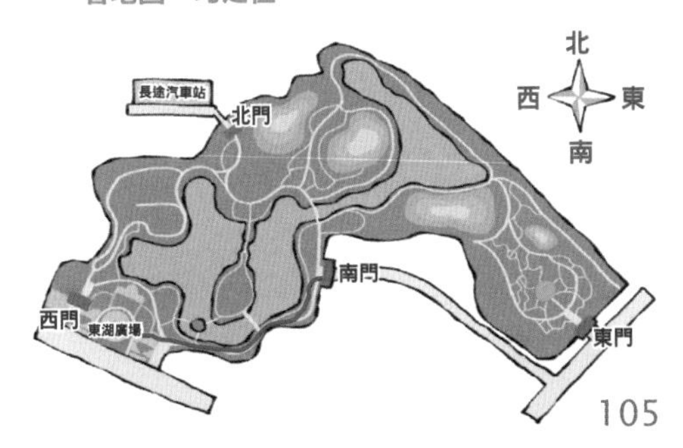

欣賞完音樂會，她們要坐長途汽車去看望外婆，她們最好從北門離開公園。

P.93

詩歌中的四季

1. 接天蓮葉無窮碧，映日荷花別樣紅。（夏天）
   碧玉妝成一樹高，萬條垂下綠絲絛。（春天）
   停車坐愛楓林晚，霜葉紅於二月花。（秋天）
   忽如一夜春風來，千樹萬樹梨花開。（冬天）

2. 春天：① 桃紅柳綠、② 百花爭豔、③ 鶯歌燕舞
   夏天：④ 烈日炎炎、⑥ 驕陽似火
   秋天：⑦ 橙黃橘綠、⑩ 丹桂飄香
   冬天：⑤ 冰天雪地、⑧ 天寒地凍、⑨ 白雪皚皚

P.103

連詞成句

1. 今天的天氣多麼好呀！
2. 你要多給花兒澆澆水。
3. 這枝鉛筆是爺爺送給我的。

妙讀歇後語

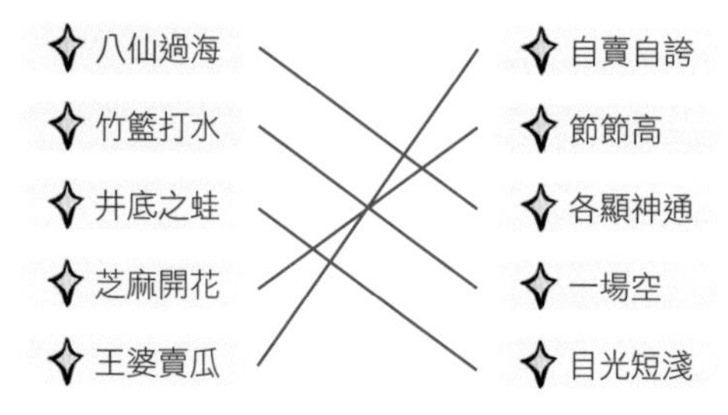

童話大語文

漢字篇（下）漢字的特點

原 書 名：《童話大語文：魔法漢字》
作　　者：陳夢敏
繪　　者：冉少丹
責任編輯：潘曉華
美術設計：劉麗萍
出　　版：新雅文化事業有限公司
香港英皇道 499 號北角工業大廈 18 樓
電話：（852）2138 7998
傳真：（852）2597 4003
網址：http://www.sunya.com.hk
電郵：marketing@sunya.com.hk
發　　行：香港聯合書刊物流有限公司
香港荃灣德士古道220-248號荃灣工業中心16樓
電話：（852）2150 2100
傳真：（852）2407 3062
電郵：info@suplogistics.com.hk
印　　刷：中華商務彩色印刷有限公司
香港新界大埔汀麗路 36 號
版　　次：二〇二四年一月初版

ISBN: 978-962-08-8309-5

18/F, North Point Industrial Building, 499 King’s Road, Hong Kong
Published in Hong Kong SAR, China
Printed in China